PÉCHÉS

DE JEUNESSE

PREMIÈRES POÉSIES

PAR

EUGÈNE HUBERT

PARIS

LIBRAIRIE DES BIBLIOPHILES

RUE SAINT-HONORÉ, 338

M DCCC LXXIX

INVOCATION

On blasphème ton nom, ô sainte poésie !
    On te traite de fiction,
    De chimère, de frénésie
    Et d'impuissante vision !
Muse, réveille-toi ! Réponds à ces profanes,
    Amants de la réalité,
    Que le vin et les courtisanes
    Ont frappés de stérilité !

Dis-leur que, si Dieu fit leurs âmes trop petites
    Pour s'élever jusques à toi,
    T'imposer les mêmes limites,
    Ce serait renier ta foi !

Tu ne peux t'abaisser! ton œuvre est infinie!
    Pareille à la divinité,
    C'est toi qui marques le génie
    Du sceau de l'immortalité!

Tu n'es pas morte, non! sublime poésie!
    Ceux qui disent que tu n'es plus,
    Pour goûter à ton ambroisie
    Ont fait bien des vœux superflus;
Mais, quand ton divin souffle est passé sur leurs têtes,
    Ils n'ont pas senti sa chaleur,
    Et le feu qui fait les poètes
    N'a pas éveillé leur ardeur.

Prenant alors pour dieu leur seule fantaisie,
    A défaut d'inspiration,
    Ils ont nié la poésie
    Dans leur jalouse passion.
Trop faibles pour monter, ils ont voulu descendre;
    Trop pâles pour briller un peu,
    Ils ont dit : « Nous serons la cendre,
    Et nous étoufferons le feu! »

Pour moi, qui n'ai du feu qu'une pâle étincelle,
Pardonne si mon humble voix
Ne te fait pas briller si belle
Qu'on te vit briller autrefois.
Ne va pas te tromper à l'orgueil qui m'anime :
Plus je proclame ta grandeur,
Plus je sens la faiblesse infime
De mon audacieuse ardeur.

Je ne suis soutenu que par une espérance :
C'est qu'en ce temps de pauvreté
Tu prodigues ton indulgence
A qui de toi n'a pas douté.
A ce titre du moins, tu dois le reconnaître,
Je mérite quelque faveur ;
Je n'ai pas le talent d'un maître,
Mais j'en ai toute la ferveur !

PÉCHÉS
DE JEUNESSE

PREMIÈRES POÉSIES

PAR

EUGÈNE HUBERT

PARIS

LIBRAIRIE DES BIBLIOPHILES

RUE SAINT-HONORÉ, 338

M DCCC LXXIX

PÉCHÉS DE JEUNESSE

C'EST LE PRINTEMPS!

IDYLLE

Viens avec moi, ma bien-aimée !
Le soleil fuit à l'horizon ;
Allons fouler sous la ramée
La mousse verte et le gazon.

Passe ton bras sur mon épaule,
Et, tous les deux entrelacés,
Unis comme un lierre au saule,
Nous ne serons jamais lassés.

Entends la voix de la fauvette
Au fond du bocage embaumé :
Des amoureux c'est le poète
Qui chante le retour de mai.

La brise des senteurs nouvelles
Mêle, en effleurant les sentiers,
Le blanc duvet des tourterelles
A la neige des cerisiers.

C'est le printemps qui vient d'éclore
Avec ses riantes couleurs,
Et nous prépare à son aurore
Un lit de plumes et de fleurs.

Glissons sur ce tapis champêtre :
Les pas que nous allons tracer,
Les fleurs qui ne cessent de naître
Viendront bientôt les effacer.

Sous tes pieds mignons la nature
A semé ce tapis vermeil,
Et par un dôme de verdure
Elle te défend du soleil!

Pénétrons plus avant encore,
L'ombre nous y gardera mieux ;
Dans les sentiers que l'on ignore
Nous craindrons moins les curieux.

Et si tu veux loin des allées
Perdre nos soucis et nos pas,
C'est là que les herbes foulées
Verront et ne rediront pas.

BLONDE ET BRUNE

Blonde et brune avaient querelle
Au sujet de leur beauté ;
Chacune avait la fierté
De se croire la plus belle.
Elles trouvent en chemin
(Ce qui calme leur colère)
Le beau berger Saturnin,
Qui s'offre à vider l'affaire.

« Mais, dit-il d'un air malin,
Je ne puis juger la chose
Sans qu'on ait plaidé la cause :
Je déciderai demain. »
Sans prières, blonde et brune
Consentirent à surseoir ;

Notre juge eut pour le soir
Un rendez-vous de chacune.
La blonde, d'un air mutin,
Dit : « Si j'ai la préférence,
Reste ici jusqu'au matin...
Tu me comprends bien, je pense?...

— J'entends! répond le blondin;
Mais ne puis, en conscience,
Juger la cause d'avance :
Je déciderai demain. »

Chez la brune, même histoire
Eut le même dénoûment :
Le juge eut l'émolument
Sans promettre la victoire.
Quand arriva le matin,
Il fallut rendre sentence.
Le galant, fort incertain,
Argua d'incompétence..
Un plus complet examen
Était pour lui nécessaire,
Et, pour terminer l'affaire,
Il remit au lendemain.

D'aucuns soutiendront peut-être
(Et je ne le nierai pas !)
Que le juge eût été las
A force de trop remettre.
Il rendit donc jugement :
« Trois jours de chaque semaine,
Dit-il, trois jours seulement,
La blonde doit être reine.

« A la brune il est permis
D'avoir trois jours de revanche ;
Et, ma foi, quant au dimanche...
Je ne donne pas de prix ! »

LE CRÉPUSCULE

CONTEMPLATION

Quand le soir étend sur la terre
Son manteau d'ombre et de mystère,
J'aime à me perdre solitaire
Au fond du vallon qui s'endort.
A l'heure où dans la plaine obscure
La brise même est sans murmure,
Il me semble que la nature
Est plus majestueuse encor.

Superbe géant, la colline
Sur l'horizon qu'elle dessine
Tour à tour se dresse et s'incline
En cent replis capricieux,

Et les reflets du crépuscule
Qú'un léger brouillard dissimule
D'une auréole sans émule
Couronnent son front spacieux.

En perles fines la rosée
Sur le feuillage s'est posée,
Et semble une pâle fusée
Échappée au jour qui s'enfuit ;
Mais la lune comme une aurore
S'annonce plus brillante encore,
Et, nouveau soleil, fait éclore
Le jour au milieu de la nuit.

SIMPLICITAS!

SATIRE

Le monde a beau marcher, il est toujours le même !
Les femmes, de tous temps, ont mis un soin extrême
A trouver des défauts aux hommes. Aujourd'hui,
Parmi tous les travers qu'on nous donne, celui
Dont les dames nous font le plus souvent hommage,
C'est d'être à leur égard peu polis !... C'est dommage !...
Avouons-le pourtant, les dames ont raison ;
Les fleurs de politesse ont passé floraison,
Et la prose a partout chassé la poésie.
Mais faut-il imputer ce peu de courtoisie
Aux hommes seulement? Et le sexe enchanteur,
Qui dans chacun de nous veut un admirateur,
A-t-il vraiment le droit de se mettre en colère ?
Les hommes d'autrefois cherchaient plus à vous plaire,

Mesdames; et pourquoi? C'est qu'ils ne craignaient pas
De donner tout entier leur cœur à vos appas.
Aujourd'hui (c'est pour vous ceci, Mesdemoiselles!)
Êtes-vous à nos yeux moins riantes, moins belles?
Non, c'est toujours à vous que s'adressent nos vœux,
Et, s'il faut sur ce point en venir aux aveux,
On vous aime encor; mais... la véritable cause
Qui chez nous a produit une métamorphose,
C'est que chacun se dit, en voyant tant d'attraits,
Que vos futurs maris en paîront les apprêts!
De loin, chacun de nous en secret vous admire;
Près de vous, d'un regard il craindrait de le dire :
Car, si vous le saviez, comment vous résister?
Le pauvre papillon irait, sans s'en douter,
Se prendre, en voltigeant près de la fleur chérie,
Au filet toujours prêt de la coquetterie.
Pour vous charmer alors il deviendrait galant.
A peine oserait-il vous parler en tremblant;
Sans cesse sur vos pas, complaisant et fidèle,
On pourrait le citer aux maris pour modèle;
Et cela durerait jusqu'à ce que de vous
Il obtînt les faveurs et le titre d'époux.
Mais là commencerait l'envers de la médaille!...
Le mari, près du feu, lit son journal et bâille;

La femme qu'il aimait lui devient un ennui :
En moins de quelques mois le bonheur s'est enfui !
L'illusion partie et l'erreur dissipée,
Notre homme se repent de sa folle équipée.
Hélas ! il est trop tard, et l'homme marié
Ne peut pas racheter son cœur exproprié !
Il faut payer bijoux, parures et toilettes !
Il faut suivre Madame et faire ses emplettes !
Et voilà le tableau qu'au siècle d'aujourd'hui
Chacun dans le lointain voit s'apprêter pour lui !
Le luxe envahit tout, et, si son règne dure,
Le mari forcément fera triste figure.
Au bal, on le verra, boutonnant son habit,
Cacher un vieux gilet devenu trop petit,
Qu'il garde pour solder les notes de Madame.
Bientôt, n'ayant plus soin que d'habiller sa femme,
Il lui faudra jeûner pour la conduire au bal !
Le malheureux fera carême en carnaval !

Luxe effréné ! c'est toi, toi qui nous désespères !
Douce simplicité du bon temps de nos pères,
Qu'avons-nous fait de toi ? N'as-tu donc tant régné
Qu'afin de voir un jour ton charme dédaigné ?
Va ! ta gloire est déchue, et tu n'es plus qu'une ombre !

On adore à présent des idoles sans nombre,
Dont les plus belles n'ont qu'un règne d'un moment :
La mode, qui les fait, aime le changement ;
La bizarrerie est maîtresse en son empire.
Ce qui sera demain, nul ne pourrait le dire :
Les robes, les chapeaux, les ceintures, les gants,
Nous amènent les goûts les plus extravagants !
C'est superbe aujourd'hui, demain c'est ridicule.
Le progrès ! nous dit-on... Beau progrès, qui recule
En croyant avancer !... Sait-on pas que toujours
La mode fut un cercle où l'on fait mille tours
Sans aller plus avant, bien qu'on marche sans cesse ?...
Jadis on faisait moins de bruit d'une princesse
Qu'on n'en fait aujourd'hui du plus petit minois
Qui sait se pavaner avec sa robe à pois.
La grisette n'est plus ! Une simple ouvrière
Porte des bracelets, et votre chambrière
En chapeau se promène au bras d'un mien valet
Qui semble avoir volé mes habits au complet.
Que sont-ils devenus, ces dîners de famille
Où, sans mets recherchés, sans vaisselle qui brille,
On servait deux bons plats, dont on redemandait,
Et, sans cérémonie, au dessert on chantait
Une de ces chansons dignes des vieux trouvères

Qui ne s'accompagnaient qu'avec le bruit des verres?...

Où sont-ils, ces amis qui venaient sans façons,

Lorsque les champs étaient dorés par les moissons,

Respirer avec nous l'air pur de nos campagnes

Et courir à l'envi nos bois et nos montagnes?

La ville a débordé jusque sur les hameaux!

Le luxe se retrouve au penchant des coteaux,

Et l'été, quand s'en vont admirer la nature

Nos beaux Parisiens en villégiature,

Au lieu de recevoir chez vous de bons amis

Avec qui le plaisir et les jeux sont permis,

Vous voyez un gommeux doublé d'une coquette,

Qui se garderont bien de rompre l'étiquette.

Jadis la jeune fille allait les yeux baissés,

Souriant aux propos des danseurs empressés;

On la voit aujourd'hui se produire elle-même,

Abordant des sujets d'une importance extrême

Qu'elle ne connaît pas, mais dont sa dignité

Lui prescrit de parler en toute liberté.

Qu'arrive-t-il alors? Souvent elle s'oublie

Et divague. Tant pis! Sa toilette est jolie;

Elle valse à ravir; qu'elle aille jusqu'au bout!

Tout le monde l'écoute et lui pardonne tout!

Et vous n'avez pas honte, ô mère de famille,

De laisser à ce point s'afficher votre fille !
Non, la foule l'entoure. Elle est pleine d'esprit !
Vous dira-t-on partout. La preuve, c'est qu'on rit.
Vous espérez qu'avec ce flot de verbiage
Elle pourra trouver un riche mariage,
Et vous l'encouragez au lieu de la blâmer !...

Celui dont cette enfant saura se faire aimer,
Je le plains, car pour moi la plus belle parure
Est la simplicité que donne la nature.
Je voudrais qu'à présent, comme aux jours d'autrefois,
Ornant sa chevelure avec la fleur des bois,
Celle dont la candeur est le premier mérite
Fît briller sur son front la simple marguerite ;
Je voudrais qu'on doutât, quand elle a cette fleur,
Laquelle est la plus fraîche ou d'elle ou de sa sœur ;
Je voudrais que le monde, en voyant un jeune homme,
S'occupât de lui-même, et non de savoir comme
Il a mis sa cravate ou boutonné son col.
Mais que ce monsieur soit Jacques, Jean, Pierre ou Paul,
Qu'il soit capable ou nul, spirituel ou bête ;
Que ce soit un fripon, ou bien qu'il soit honnête,
Qu'importe ? Ses cheveux, avec art arrangés,
En égales moitiés sont si bien partagés !

2.

Sa chemise a des plis qui vous transportent l'âme !
Son pantalon surtout doit allumer la flamme
Dans tous les cœurs ! De qui ne serait pas vainqueur
Un homme qui choisit aussi bien son tailleur?
Quant à vous, qui pensez que l'homme et sa toilette
Font deux, et que l'habit, suivant ce qu'on l'achète,
Peut vous donner des airs de prince ou de magot,
Allez, mon vieil ami, vous ne ferez qu'un sot !
Dieu ne vous a pas mis où vous devriez être :
C'est deux cents ans plus tôt que vous auriez dû naître !

D'OU VIENS-TU?

BLUETTE

« D'où viens-tu, Nanette, ma mie?
Les oiseaux ont cessé leurs chants,
Et, laissant la plaine endormie,
Les hommes ont quitté les champs.

« En me rencontrant sur la route
Je crois que ton cœur a battu.
Nanette, c'est de peur sans doute;
Mais alors pourquoi rougis-tu?

« Allons! c'est être trop timide!
Ne baisse pas ainsi les yeux;
Sèche cette paupière humide;
Viens près de moi, tu seras mieux.

« N'as-tu pas de monsieur le maire
Obtenu le prix de vertu ?
Tu dois le mériter, ma chère ;
Mais alors pourquoi rougis-tu ?

« Serait-ce parce que la brise,
Soulevant ton léger fichu,
Entr'ouvre la terre promise
Aux regards de l'ange déchu ?

« La brise, ai-je dit... Pauvre fille !
Un profane aurait-il osé
Porter la main sous la mantille
Qui couvre ce contour brisé ?...

« Serais-tu, dis-moi, la victime
D'un scélérat aux noirs penchants ?
Réponds vite, car de leur crime
On doit châtier les méchants !...

— Non, Monsieur, répondit Nanette ;
Là-bas j'ai longtemps attendu.
Si j'ai froissé ma collerette,
C'est de rage... Il n'est pas venu ! »

UNE FLEUR POUR UN BAISER

ROMANCE

En allant aux champs, Nicette,
Tu passes dans mon jardin,
Respirant la violette
Fraîche éclose du matin.
Ta bouche vermeille aspire
Les parfums les plus exquis.
A-t-elle au moins un sourire
Pour payer ce qu'elle a pris?

Mais qu'aperçois-je?... une rose
Que tu caches dans ton sein!
Sourire est trop peu de chose
Pour effacer ton larcin.

Une rose à ton corsage,
Je ne puis la refuser ;
Mais alors à ton visage
J'en prends deux dans un baiser !

Si mes fleurs peuvent te plaire,
Chaque jour viens les chercher,
Et crois bien qu'il n'est, ma chère,
Pas besoin de te cacher.
Au prix où je te les donne,
Je ne forme qu'un souhait,
C'est qu'il te plaise, mignonne,
D'en cueillir tout un bouquet !

L'ANTHROPOPHAGE

ET L'HOMME D'ÉTAT

FABLIAU

Certain jour, un grand politique,
Se trouvant las de conquérir,
S'en alla visiter l'Afrique,
Histoire de se divertir.

A travers les pays sauvages,
Grâce à sa carte, il s'égara,
Et, pris par des anthropophages,
Il regretta le Sahara.

« Par bonheur, dit-il, j'ai ma suite,
Pleine pour moi de dévoûment. »
Mais ses gens avaient pris la fuite,
Le laissant seul au bon moment.

Pour braver ce péril suprême,
On ne sait pas ce qu'il trouva ;
Mais sa maigreur était extrême,
Et ce fut ce qui le sauva.

Le grand chef, le voyant si maigre,
Pour l'engraisser, offre à dîner.
On sert une cuisse de nègre,
N'ayant plus de blanc à donner.

« Mangez donc ! » dit l'homme à peau noire.
Mais lui, laissant sa portion,
Conte sa glorieuse histoire
Pour détournèr l'attention.

« En cinq ans, dit-il, ce n'est guères,
A part les révolutions,
J'ai fait quatre petites guerres
Et ruiné six nations.

« Je ne pourrais fixer les sommes
Ni les territoires acquis ;
Mais j'ai fait massacrer tant d'hommes
Que de comte on m'a fait marquis !... »

L'anthropophage s'intéresse
Au récit de si beaux exploits.
« Confrère, dit-il, je vous laisse ;
Allez-vous-en pour cette fois !

« Nous sommes encore bons princes,
Nous ne mangeons qu'un homme ou deux :
Salut aux mangeurs de provinces !
Les loups se respectent entre eux ! »

Cette histoire à tout homme sage
Démontre sans aucun débat
Qu'il vaut mieux être anthropophage
Que d'être un grand homme d'État.

SOUVENIR!

MÉDITATION

D'où vient que le sourire a déserté ma lèvre
Et qu'en mes sens troublés un rien porte la fièvre ?
Seul, au bord du ruisseau qui borde le bosquet,
Je tiens nonchalamment les restes d'un bouquet.
Chères fleurs ! votre vue a radouci ma peine :
Vous avez habité la chambrette d'Hélène !...
Elle était là naguère, et sa douce gaîté
Faisait de ce séjour un Éden enchanté ;
Tout m'y paraissait beau, le temps coulait trop vite,
Et nos propos n'avaient que la nuit pour limite.
Le soir nous ramenait sous les ombres du bois,
Où, sans penser à mal, nous nous trouvions parfois
Couchés, silencieux, l'un à côté de l'autre,
Et serrant une main qui n'était pas la nôtre.

O vous de qui le cœur flétri s'est desséché
Au souffle malfaisant de quelque débauché,
Sceptiques de vingt ans, dont les plaisirs profanes
Servent à défrayer les nuits des courtisanes,
Vous n'avez pas goûté les charmes innocents
De l'amour qui s'ignore et de ses feux naissants!
Vous ne connaissez pas la pureté qui brille
Dans le regard baissé de l'humble jeune fille!
Et, quand un souvenir de femme vous poursuit,
Quand l'amour vient dorer vos rêves de la nuit,
Si vous en éprouvez quelque ivresse secrète,
Ce n'est pas de songer que, seule en sa chambrette,
Une enfant vous revoit au milieu du sommeil,
Ou rougit en priant pour vous à son réveil!
Non! vous voulez des cœurs qui vendent leurs tendresses!
Votre front ne rougit qu'au fard de vos maîtresses!
Et, si quelque espoir vient bercer votre repos,
C'est celui de voler à des amours nouveaux!
Insensés! vous perdez tout ce que la nature
A laissé de divin dans l'humble créature!
Vous vous faites un jeu d'émousser tous vos sens
Et de ne plus sentir ce que, moi, je ressens!
Restez, restez plongés dans vos débauches viles!
Restez! enivrez-vous de l'air malsain des villes!

Mendiez des baisers qu'on ne refuse pas,
Et qu'un autre, après vous, va prendre sur vos pas !
Restez ! je n'irai point glaner dans votre sphère ;
A vos débordements mon cœur ne peut se faire !
Non ! à moi la campagne, et les champs et les bois,
La fauvette qui puise à la source où je bois !
J'aime dans le bosquet sa voix mélodieuse
Et l'écho qui redit sa plainte harmonieuse !
Là, sous le même ombrage unis et confondus,
Ensemble nous rêvons à nos amours perdus !

C'était là que naguère, errant à l'aventure,
Elle et moi, nous allions, hôtes de la nature,
Mêler nos gais propos sous les arbres fleuris
Qui contre les fâcheux nous prêtaient leurs abris.
Je la revois toujours, rougissant, interdite,
A mon œil indiscret cacher la marguerite
Qu'elle avait en tremblant commencé d'effeuiller.
Doux souvenir que tout en moi vient réveiller !
Elle était là, n'osant me regarder en face ;
Une faible rougeur, qui paraît et s'efface,
Errait sur son visage, et sa petite main,
Craignant de se trahir, s'arrêtait en chemin.

Je m'avançai. « Pardon, lui dis-je, chère Hélène ;
Moi-même de compter je puis prendre la peine.
Donnez-moi cette fleur, voulez-vous? — Indiscret !
Me dit-elle, c'est mal de surprendre un secret !
Heureusement, ce n'est qu'un jeu sans conséquence,
Et, pour montrer combien j'y mets peu d'importance,
Vous serez satisfait, monsieur le beau parleur !
Achevez, s'il vous plaît, d'effeuiller cette fleur ;
Otez-lui ses rayons, et les comptez vous-même :
Je veux de votre bouche apprendre si l'on m'aime.
Mais ne me trichez pas ! j'ai confiance en vous :
Que l'arrêt soit pour moi plus sévère ou plus doux,
N'importe ! dites-moi ce que le sort décide. »
Je pris la marguerite, et d'un coup d'œil rapide
Je crus voir que la fleur répondait à mes vœux.
« Bon ! pensai-je, j'aurai le nombre que je veux. »
Et sans crainte mes doigts se mirent à l'ouvrage.
Hélas ! mes pauvres yeux, je ne sais quel mirage
Avait pu vous séduire et tromper vos calculs !
Le fait est, toutefois, que mes soins furent nuls ;
Si bien que, sans penser à ce que j'allais dire,
Ma bouche prononça pour réponse la pire :
« Pas du tout ! » m'écriai-je, et je comptais si peu
Sur un tel dénoûment que mon naïf aveu

3.

Fut dit avec un ton de naturelle aisance
Qui dans mon cas était presque une impertinence.

Mais voyez à quoi tient le sort des amoureux !
Ce que je redoutais fit que je fus heureux.
Elle éclata de rire avant que ma sottise
Devînt claire pour elle en voyant ma surprise,
Et, tendant une main qu'aussitôt je saisis :
« Pas du tout!... C'est, dit-elle, un langage précis !
Je ne suis pas aimée!... Eh bien! j'en suis contente !
L'amour ne me va pas, mais l'amitié me tente ;
Et, comme la franchise est preuve d'amitié,
De mes pensers je veux vous offrir la moitié ;
Nous partagerons tout : les plaisirs et les peines,
La joie et le chagrin, les amours et les haines,
Tout nous sera commun ; nous nous raconterons
Tout ce qui se fera, tout ce que nous ferons ;
Mes secrets et mes vœux seront aussi les vôtres,
Et tous deux nous rirons des vains propos des autres. »
Ce fut marché conclu:.. Pouvais-je refuser ?
Et d'ailleurs de quel crime avais-je à m'accuser ?
En parlant d'amitié, je faisais un mensonge,
C'est vrai ; mais fallait-il laisser fuir comme un songe

L'espoir inattendu qui berçait mon amour?
Non ! c'eût été charger mon cœur d'un poids trop lourd !
Sa voix était si tendre ! elle était si jolie !...
Son amitié changea mon amour en folie !

Elle aussi, lentement, sans s'en apercevoir,
De l'amour éprouva le magique pouvoir.
Le feu qui me brûlait d'une si vive flamme
Vint insensiblement s'emparer de son âme.
Nous n'étions plus amis, nous étions amoureux !
Mais nous ne devions pas en être moins heureux,
Car sa naïveté n'avait pas conscience
Du lien qu'avait fait son trop de confiance.
Elle ne m'aimait pas de cet amour impur
Dont la satiété trouble bientôt l'azur ;
Non ! quand sa blanche main se plaçait dans la mienne,
Si parfois, m'oubliant, je pressais trop la sienne,
Elle la retirait sans penser à rougir
Et sans craindre aucun mal en ma façon d'agir.
Aussi cette union fut-elle des plus douces ;
La vie était pour nous un calme sans secousses ;
Rester près d'elle était mon unique désir,
Et mon cœur enivré n'avait d'autre plaisir

Que de la contempler muette, n'osant dire
Ce que dans son regard j'avais déjà su lire.

Si mon bonheur fut grand, hélas! il fut bien court!
Comme un songe je vis cette ivresse d'un jour
Disparaître et s'enfuir ainsi qu'une ombre vaine!...
Et depuis, attristé du prompt départ d'Hélène,
Je marche sans savoir où me portent mes pas;
Ma raison est absente et ne me conduit pas.
L'habitude pourtant me mène à cette rive
Où, malgré mes efforts, ma pensée est captive.
J'y vois les bois dorés par le soleil couchant,
Et, quand l'ombre me gagne, un souvenir touchant
Me retient en ces lieux, où je venais entendre
Les aveux innocents d'un cœur naïf et tendre.
Hélène a disparu, mais je la vois encor :
Elle est là qui sommeille, et, tandis qu'elle dort,
Mon regard enchanté reste fixé sur elle.
Sans cesse je la trouve et plus jeune et plus belle!
Son image me suit à travers les rameaux
Dont le feuillage épais couvrait notre repos.
Là, je songe en pleurant à mon bonheur perdu;
Là, j'espère qu'un jour il me sera rendu;

Et, l'espoir consolant ma pauvre âme brisée,
La fatigue m'endort, et ma tête épuisée
Laisse perdre à la fois ma pensée et mes sens...

Sommeil consolateur, est-ce toi qui descends?
Oui, ton voile déjà recouvre ma paupière;
Déjà je n'entends plus murmurer la rivière,
Ni les oiseaux chanter... Tout est calme... Mon Dieu!
Faites-moi rêver d'elle!... Et toi, nature, adieu!

TROP DE BONTÉ!

REGRETS D'UNE JEUNE FILLE

Maman, il faut que je te conte
Le malheur qui vient m'attrister ;
J'en rougis encore de honte,
Mais c'est trop tard pour regretter !

Ce que j'ai fait, je te le jure,
N'était que par civilité ;
Mon intention était pure !
Ce que c'est que trop de bonté !

Tu me dis toujours : « Sois aimable !
Pour un sourire rends-en deux, »
Rendre, maman, c'est agréable ;
Mais parfois c'est bien hasardeux !

Hier soir, mon cousin Camille
Se trouva, — mais bien par hasard, —
Tout près de moi sous la charmille,
Èt me dit : « Cousine, il est tard ! »

— Il fait nuit !… J'ai peur ! répondis-je.
— Prenez ma main pour vous guider.
— La voici, mon cousin, » dis-je.
Je ne pouvais pas le bouder.

Le soir, tu sais, je suis craintive,
Et c'est bien pis quand vient la nuit !
Bref, j'étais plus morte que vive,
Et je me serrai contre lui.

Camille s'approcha de même,
Et dans ce double mouvement
Sa bouche murmura : « Je t'aime ! »
Et m'embrassa bien tendrement.

Aimer quelqu'un de sa famille,
C'est très naturel, après tout.
L'embrasser sous une charmille,
C'est peut-être l'aimer beaucoup.

Moi qui manquais d'expérience,
De rien je n'osai m'offenser...
Hélas ! quand on a la science,
Ce n'est plus à recommencer !

ADIEUX A MA MANSARDE

REGRETS D'UN JEUNE HOMME

C'en est fait! j'ai passé ma thèse.
Me voilà docteur, Dieu merci!
Je m'établis... J'en suis fort aise,
Et pourtant j'étais bien ici!
Ma mansarde est étroite et basse,
Mais si pleine de souvenirs!
J'ai déjà trente ans! Le temps passe,
Emportant jeunesse et plaisirs!

Adieu donc, gentille chambrette!
Je vais loger moins près des cieux,
Dans une chambre plus coquette,
Mais que je n'aimerai pas mieux :
Cár on s'habitue au sans gêne
Qui vient de ce qu'on est gêné,

Et c'est quelquefois avec peine
Qu'au luxe on se voit condamné.

Voici la petite fenêtre
Où se tortille le jasmin.
J'ai souvent rêvé plus champêtre,
Et pourtant c'était un jardin !...
Je me souviens d'une voisine
Que je lorgnais par les carreaux ;
Elle s'appelait Caroline,
Et ne fermait pas ses rideaux.

En eus-je assez de ces voisines !
Certaines faisaient des façons,
Mais la plupart avaient des mines
Et des regards fort polissons.
Je faisais partir les premières,
Elles ne restaient pas trois mois ;
Aussi, par contre, les moins fières
Restaient trop longtemps quelquefois.

Où je vais, pour voisin d'étage,
Je n'ai qu'un vieux marin goutteux,
Doublé, pour soigner son ménage,

D'un grognard encor plus quinteux.
Si je n'invite pas moi-même
Quelques minois affriolants,
Mes intimités du cinquième
N'auront guère d'équivalents.

Et vous, mes compagnons d'étude,
Mes bons vieux livres tout poudreux,
Pourrez-vous, comme d'habitude,
Errer sur les rayons joyeux?...
Vous, mes conseillers ordinaires,
Vous ne serez plus consultés;
Promus conseillers honoraires,
Vous allez être embahutés!

Aussi bien, je ne dois plus rire,
Je suis un homme sérieux;
De par la Faculté, j'aspire
Aux seuls plaisirs laborieux.
Je vais me marier, sans doute,
Et j'aurai des enfants beaucoup :
Adieu donc, ma mansarde, en route!
Fleurs et fruits, on n'a jamais tout!

CUEILLONS LES ROSES !

L'aurore était à peine éclose,
Jeanne au jardin vint avec moi.
« Ah ! lui dis-je, la belle rose !
Laisse-moi la cueillir pour toi !
— Non, dit-elle, la fleur se fane
Sitôt qu'une main la profane ;
C'est l'image de mes quinze ans,
Ne moissonnons pas au printemps !

Le bois nous offre un manteau d'ombre,
Les sentiers couverts sont étroits ;
Jeanne rougit, mais il fait sombre ;
A peine je m'en aperçois.

« Regagnons la plaine, dit-elle.
— Eh quoi! si jeune et si cruelle!
— Laisse au printemps sa pureté,
Si tu veux jouir de l'été! »

C'en était fait de la journée
Quand nous rentrâmes au jardin.
« Vois, lui dis-je, déjà fanée!
La rose ne vit qu'un matin.
Nous en aurions eu quelque chose
Si nous avions su la cueillir!
Jeanne, souviens-toi de la rose,
C'est si vite fait de vieillir! »

CHANSON A BOIRE

1er COUPLET.

Mon pauvre ami, ton air sombre
Annonce quelque malheur;
Sous cette tonnelle, à l'ombre,
Je veux noyer ta douleur.
Je te connais misanthrope,
Et ta morgue qui galope
Voit se border l'horizon
De noir en toute saison.

Refrain.

Si tu veux m'en croire,
Il faut rire et boire!
De boire on n'est jamais las!
Bouteille bien pleine
Est la plus humaine
Des maîtresses d'ici-bas!

2ᵉ COUPLET.

Va, quitte ce front sévère,
Et buvons à l'amitié !
De ce flacon dans ton verre
Je veux vider la moitié !...
L'amitié, dis-tu, mensonge !...
Qu'importe?... On la voit en songe,
Quand, joyeux, le verre en main,
On boit jusqu'au lendemain !

Refrain.

Si tu veux m'en croire, etc,

3ᵉ COUPLET

Ta femme fut infidèle,
Elle t'a trompé, dis-tu?
Mon ami, moque-toi d'elle,
Et rions de la vertu !
La tendresse est éphémère,
Qui dit amour dit chimère
Que le matin voit venir
Et le soir s'évanouir !

Refrain.

Si tu veux m'en croire, etc.

MA VOISINE

BOUTADE

Ma voisine est si bonne fille
Qu'on ne lui sait pas d'ennemis ;
On ne connaît ni sa famille,
Ni son âge, ni son pays.
Demande-t-on à l'hirondelle
Qui rase l'onde à tire-d'aile
En roucoulant son chant d'amour
Quel climat lui donna le jour ?

Le plaisir lui tourne la tête,
Elle dépense un argent fou ;
Elle vit de ce qu'on lui prête,
Et cela vient on ne sait d'où.

Demande-t-on à la fauvette,
Pour payer le grain qu'elle émiette
A travers nos riches moissons,
Autre chose que ses chansons ?

Quand de trop près on la chiffonne,
Il arrive qu'on est battu,
Et cependant il n'est personne
Qui jurerait de sa vertu.
Si quelquefois les tourterelles
Laissent le duvet de leurs ailes
Aux becs des ramiers langoureux,
Elles n'en voltigent que mieux.

L'INTERPELLATION CHANGARNIER

(18 NOVEMBRE 1872)

De Changarnier, député noble,
Qui ne tremblait que pour le *Roy,*
Depuis le banquet de Grenoble
Pour son pays tremble d'effroi.
Son squelette géologique
Qu'on ne pensait plus retrouver
Se redresse pour nous sauver
De ce *patois démagogique*
Dont sa faconde léthargique
Doit aujourd'hui nous préserver.

Ni plus ni moins qu'au Deux Décembre
Changarnier sauvera l'État

S'il mange, le dix-huit novembre,
Une tranche de Gambetta.
A ce balthazar délectable
Déjà Fresneau s'est invité ;
Par malheur, faible de santé,
La *majorité véritable*
Est, dans ses discours comme à table,
Vouée à la sobriété.

On dit pourtant qu'en un vignoble
S'étaient réunis les bedeaux ;
La canaille avait eu Grenoble,
L'eau bénite avait eu Bordeaux.
Là, pour donner un nouveau gage
De ses sentiments amicaux
Envers messieurs les cléricaux,
Princeteau, dans un *beau langage*,
Entre la poire et le fromage,
Avait *tombé* les radicaux.

N'importe ! on revient à la charge ;
Changarnier tient à bien gagner
Les neuf mille francs qu'il émarge
Pour avoir sa part de régner.

Mais dans l'épouvantable lutte,
Le général, vieux Dugazon,
A beau monter son diapason
Jusqu'aux sons aigus de la flûte,
Tout finit par une culbute
Pour les chevaliers du blason !

LA MOISSON DES FLEURS

Accourez aux champs, jeunes filles!
　　Venez, jeunes garçons!
Les blés sont mûrs, que vos faucilles
　　Abattent les moissons!...
Mais, hélas! en couchant les gerbes,
　　Aveugles moissonneurs,
Pourquoi faut-il qu'avec les herbes
　　Vous moissonniez les fleurs!

Laissez le bluet sur sa tige!
　　C'est au milieu des champs
Un reflet du ciel qui voltige,
　　Un reste du printemps!

Voyez ! la renoncule abrite
 Sous l'aile du zéphir
L'anémone, la marguerite,
 Or, argent et saphir ;
Le coquelicot qui s'effeuille
 Y sème des rubis.
Joyaux vivants, si l'on vous cueille,
 Les beaux jours sont finis !

Laissez le bluet sur sa tige !
 C'est au milieu des champs
Un reflet du ciel qui voltige,
 Un reste du printemps !

Jeanne et moi, dites-vous, dimanche
 Nous courions les sentiers,
Attachant à sa robe blanche
 Les plus frais églantiers.
— Certe ! et pour cela j'abandonne
 Les champs aux moissonneurs :
A ceux qui s'aiment je pardonne
 De moissonner les fleurs !

SONNET

A UNE VIEILLE FILLE

Vous m'avez dédaigné quand vous aviez vingt ans !
Comme le lis qui n'a que de chastes ivresses,
Vous donniez le sourire, et gardiez les caresses !
Mais la fleur s'est fanée au souffle des autans !

Votre cœur d'indolente a dormi le printemps !
Il s'éveille l'hiver, glacé par les tristesses,
Et tout saisi d'avoir laissé tant de promesses
Se changer en regrets sous l'étreinte du temps !

Vous n'avez pas aimé !... Telle la fleur sauvage
N'a que ronces l'été pour qui veut la cueillir,
Puis se laisse effeuiller par le vent du rivage.

Vous avez commencé par où l'on doit finir ;
Et la brume d'automne, à travers son nuage,
N'a même pas pour vous l'éclair du souvenir !

LE DIEU MAI

SONNET

Quand les lilas frileux, noircis par la gelée,
Portent encor le deuil des bourgeons trop hâtifs,
Le zéphyr bienfaisant se glisse dans l'allée,
Et réchauffe la sève à ses baisers furtifs.

Aussitôt reverdit la tige désolée;
Le bois maigri se gonfle et prend des tons plus vifs;
Le bourgeon sec enfante une grappe étoilée;
La brise de son aile anime les massifs.

Le démon de l'hiver, vomissant la froidure,
Avait tari la vie au sein de la nature;
Il a suffi d'un jour, et tout s'est ranimé!

C'est qu'un dieu bienfaisant de son souffle embaumé
A séché le venin de la bise âpre et dure :
Ce dieu, qui donne une âme aux fleurs, c'est le dieu Mai.

LA FONTAINE

SONNET

Que viens-tu faire à la fontaine,
Fillette blonde aux yeux d'azur?
Depuis longtemps ta cruche est pleine,
Tu souris encore au flot pur.

Espères-tu que ton haleine
Réchauffe au fond du puits obscur
L'image du beau capitaine
Que l'on t'a donné pour futur?

Ce qui te retient davantage,
C'est, je crois, qu'avec ton visage
L'onde reflète les lilas;

Et que, caché sous le feuillage,
Tu vois le timide Lucas
Qui croit que tu ne le vois pas.

LE BRIGAND

BALLADE ALLEMANDE [1]

Un jour, dans la saison des roses,
Un brigand quitta la forêt;
Parmi les fleurs à peine écloses
Une jeune fille courait.

« Vrai Dieu! dit le brigand farouche,
Il n'est pas joyau précieux
Valant le corail de ta bouche
Ni les diamants de tes yeux!

« Et quand bien même ta main blanche
Porterait dans ses jolis doigts,
Au lieu du frais muguet qui penche,
Les plus riches trésors des rois,

1. Cette ballade et les suivantes sont imitées de L. Uhland.

« Toi, du printemps et des campagnes
Le plus radieux ornement,
Au milieu des fleurs, tes compagnes,
Tu pourrais aller librement ! »

A travers la verte prairie
Longtemps son regard la poursuit ;
Mais, hélas ! la forme chérie
Dans le lointain s'efface et fuit !

Elle a disparu comme une ombre,
Et ce n'est plus qu'un souvenir !
Le brigand retourne au bois sombre,
Mais en jurant de revenir.

LE CAVEAU DES ANCÊTRES

BALLADE

C'était une nuit froide et sombre ;
Le vieux baron sortit pensif ;
Ses armes, qui luisaient dans l'ombre,
Alourdissaient son pas massif.

Tout seul il traversa la plaine
Qui s'étendait près du manoir,
Et pénétra, l'âme sereine,
Dans la chapelle au portail noir.

Il vit rangés sous les portiques
Les froids cercueils de ses aïeux,
Et du fond des voûtes gothiques
Sortit un chant miraculeux.

« Je comprends votre appel funèbre,
Nobles héros du temps passé !
Grâce au ciel, en ce lieu célèbre
Je ne serai pas déplacé ! »

Près d'une pierre tumulaire
Un instant on le vit prier ;
Il la prit pour lit funéraire,
Et pour chevet son bouclier.

Joignant les mains sur son épée,
Il s'endormit jusqu'au trépas ;
La nuit fut bientôt dissipée,
Mais lui ne se releva-pas !

LA JOIE DE MARGUERITE

Sur son cheval de bataille
Le voilà, le fils du roi!
De plaisir mon cœur tressaille,
Il a le prix du tournoi.

A voir sa marche guerrière,
Qui croirait que mon amant
A pu cette nuit dernière
Me parler si tendrement?

Qui dirait que sous ce heaume,
Fait de l'acier le plus dur,
Brillent les yeux du royaume
Dont l'éclat est le plus pur?

Et sous la cuirasse brune
De mon superbe vainqueur,
Qui donc croirait qu'à la brune
S'agite un si tendre cœur ?

De la main droite il salue;
Chacun s'incline : pourquoi ?
Fidèle, il m'a reconnue :
Son salut s'adresse à moi.

Mon Dieu! que je suis joyeuse!
Grand merci, mon bien-aimé!
Que la ville est radieuse!
Que le ciel est embaumé!

Au palais il va, je pense,
D'abord présenter au roi
Le heaume qu'en récompense
Il rapporte du tournoi;

Mais le prix du haut mérite
Qu'en ce jour il a fait voir,
Dans les bras de Marguerite
Il le trouvera ce soir!

LE FILS DU ROI

Sur le bord escarpé de la mer en furie,
    Que font ces combattants du Nord ?
Que fait là le vieux roi, qui se lamente et crie
    Au point d'ébranler l'autre bord ?

Il est aveugle, hélas ! et sa vaillance antique
    Ne peut plus guider les héros !
Mais sa fureur déborde, et sa voix énergique
    Jette cette plainte aux échos :

    « Rends-moi ma fille chérie,
    Noir habitant du rocher !
    Brigand à l'âme flétrie,
    Rien ne peut-il te toucher ?
    Je vivais de sa tendresse,

Ses accents étaient si doux !...
Seul bonheur de ma vieillesse,
Reviens, reviens parmi nous !

« Un soir, au milieu des danses,
Sur le rivage assombri
Tu l'as ravie !... et tu penses
Si mon cœur en fut meurtri !
Me priver de sa tendresse !
Mourir eût été plus doux !
Seul bonheur de ma vieillesse,
Reviens, reviens parmi nous ! »

Il sort alors de sa caverne,
Le brigand géant à l'œil terne ;
De sa large main il gouverne
Son épée à double tranchant,
Et d'une voix assourdissante,
Qui rend la terre frémissante,
Cette apostrophe menaçante
Il lance au vieux roi trébuchant :

« Le soir où, quittant cette plage,
Je descendis sur le rivage,

Plus d'un chevalier, plus d'un page,
Entouraient ta fille aux doux yeux ;
Ils m'ont vu l'enlever de terre,
Cette fille qui t'es si chère !
Pourquoi donc m'ont-ils laissé faire,
Ces serviteurs obséquieux ?

« Pour attaquer mon antre sombre,
N'as-tu pas des gardes sans nombre ?
Pourquoi donc restent-ils dans l'ombre,
Ces hommes au généreux cœur ?
Si ton illustre damoiselle
Est, comme tu le dis, jeune et belle,
Comment se fait-il que pour elle
Ne se lève aucun défenseur ? »

Tous les guerriers sont là, glacés par l'épouvante,
Aucun n'a relevé ces mots audacieux.
Le vieux roi se retourne, et d'une voix vibrante :
« Suis-je donc seul, dit-il, ou nul n'a-t-il plus d'yeux ? »

Alors, son jeune fils prend la main de son père,
Et, tout bouillant d'ardeur, il crie en s'avançant :

« La force me viendra de ta noble colère,
Et l'on ne verra pas dégénérer ton sang !...

— Mon fils, cet ennemi, c'est un géant terrible ;
Aucun n'a jamais pu lui résister encor !...
Seul tu ne trembles pas, prends ce glaive inflexible :
A défaut de victoire, il nous reste la mort ! »

Voyez ! la mer fume !
A travers l'écume,
A travers la brume,
Un vaisseau s'enfuit.
Rongé par le doute,
Le roi, pâle, écoute,
On entend la joute
Au loin dans la nuit.

Les lourdes épées
Fortement trempées,
Vaillamment frappées
Rendent un bruit clair.
Soudain tout s'arrête,
La plage est muette,

—

Sauf un bruit de tête

Qu'on jette à la mer !

Alors le vieillard s'écrie avec joie :

« Amis, dites-moi, faut-il que je croie

Le pressentiment qui ravit mon cœur ?

Le brigand est mort, mon fils est vainqueur !

— Oui ! gloire à ton fils, notre jeune maître !

Sois aussi béni, toi qui l'as fait naître !

En ce jour heureux vont être connus

Un monstre de moins, un héros de plus ! »

Il se fait un nouveau silence.

« Sur la mer qu'entends-je frémir ?

— C'est le vaisseau qui se balance,

Tes deux enfants vont revenir ! »

Alors du sein de l'onde grise

S'élève un chant mélodieux,

La voix de la jeune Adalgise

Célèbre son retour joyeux.

Chacun se sent l'âme attendrie,

Les guerriers mêmes sont émus ;

Le vieillard aveugle s'écrie :
« Enfants, soyez les bienvenus !

Pour finir en paix ma vieillesse,
J'aurai désormais près de moi
Ma fille au cœur plein de tendresse,
Mon fils plus puissant que son roi ! »

LE BOUQUET

S'il est vrai que la violette
Soit un signe d'humilité,
Et que la fraîche pâquerette
Indique la simplicité ;
Si l'amour brille dans les roses,
Et dans les lis la pureté ;
Si les fleurs disent tant de choses
Qu'on ne peut dire en liberté ;

S'il est vrai que ce que l'on pense
Se devine dans les couleurs ;
Que l'orgueil et la défiance
Du jaune suivent les ardeurs ;

Que le vert, nuance charmante,
Annonce le plus doux espoir,
Et que le rose à notre amante
Dise qu'on la verra le soir,

Alors je suis ravi, ma belle,
D'avoir composé de mes fleurs
Ce bouquet où ma main fidèle
A mêlé toutes les couleurs :
Car mon espérance et ma peine,
Mon bonheur, mes vœux, mon émoi,
Mon amour, ma gloire et ma haine,
Tous mes sentiments sont à toi !

A MOLIÈRE

A-PROPOS EN VERS

POUR L'ANNIVERSAIRE DE LA NAISSANCE DE MOLIÈRE

(15 JANVIER 1872)

Que les hommes du Nord sous leur manteau de neige
    Aient un air glacial,
Qu'ils gardent froidement le triste privilège
    Du cérémonial !

Que l'homme du Midi s'use dans l'indolence
    Et le désœuvrement,
Partageant ses plaisirs entre la somnolence
    Et l'assouvissement !

A nous, jeunes enfants de notre vieille France,
Le sourire joyeux !
Nous retrouvons encore, après l'âpre souffrance,
L'esprit de nos aïeux.

Fille de la chanson, c'est au bruit de nos verres
, Que naquit la gaîté ;
Le souffle du malheur déchaîné par les guerres
N'en a rien emporté.

Donc, hommage d'abord à l'homme de génie,
Jeune après deux cents ans,
Qui, n'ayant à personne épargné l'ironie,
N'a que des partisans !

Nous sommes les rieurs ; le rire, c'est Molière,
Et Molière, c'est nous.
Comme la goutte d'eau se voit dans la rivière,
Nous nous y voyons tous.

On s'instruit en lisant l'histoire de nos règnes
Et de nos rois vainqueurs ;
Combien plus on apprend chez toi, qui nous enseignes
L'histoire de nos mœurs !

Tous nos historiens nous peignent une caste,
La vieille royauté :
Génie universel, ton sujet est plus vaste,
Tu peins l'humanité !

Qu'on ne me dise pas que seule ton époque
Existe dans tes vers :
Les fils, de leurs aïeux dépouillant la défroque,
Ont gardé leurs travers.

Autre temps, mêmes mœurs; les vertus et les vices
Ne changent que d'habits ;
On croirait qu'en voyant tes fidèles esquisses
Le monde a crié : *Bis !*

Un coup d'œil me suffit pour trouver ici-même
Les types d'autrefois ;
Et partout, du premier jusques au quatrième,
Ce sont eux que je vois.

Célimène, au balcon, fait l'œil doux à Clitandre
Derrière un éventail ;
Alceste, dans un coin, s'apprête à la surprendre
Comme un épouvantail.

Au parterre est assis, en costume bizarre,
  Un bonhomme râpé,
Qui, si je lui disais qu'on va jouer *l'Avare*,
  Serait bien attrapé.

Là-bas, ce gros monsieur, qui sourit à sa femme,
  Étouffe un bâillement;
C'est ce pauvre Chrysale, ayant peur de Madame
  Plus que d'un régiment.

Tartufe avec Elmire occupe une baignoire;
  Il a baissé la voix,
Et fait mille serments que refuse de croire
  Sa compagne aux abois.

Voici dans l'avant-scène un bourgeois-gentilhomme
  Qui vient pour se montrer,
Et qui veut, avant tout, que l'on sache la somme
  Qu'il donne pour entrer.

Don Juan discrètement s'en va de loge en loge,
  Glissant des billets doux;
Chacune a son regard, chacune son éloge,
  Avec son rendez-vous;

Ce savant en jupons, qui fait la précieuse,
  Est un de nos bas-bleus;
La prude a des amants, mais, en femme pieuse,
  Crie aux mots graveleux.

Un critique, agacé par ma nomenclature,
  Me traite de fâcheux;
Il n'aime que ses vers! — C'est la caricature
  De Trissotin fait vieux.

Auditeurs épargnés, cherchez-vous dans Molière,
  Vous vous y trouverez;
Le monde entier s'y meut, immense fourmilière
  De fous agglomérés.

Chacun à sa façon donne la comédie,
  Nous sommes tous acteurs;
Vous, vous jouez la pièce, et nous la parodie,
  Purs amplificateurs.

Mais peindre le tableau de la folie humaine
  Sous d'exactes couleurs,
Molière seul a pu suffire à cette peine
  Sans craindre les siffleurs.

Voilà pourquoi, malgré notre école moderne,
Je vous renvoie à lui.
Je sais bien que chacun dans ce qui le concerne
Ne voit jamais qu'autrui;

Mais Molière n'est pas un grave pédagogue
Qui vise à réformer;
S'il a pu conquérir une éternelle vogue,
C'est qu'il a su charmer.

Castigat ridendo, c'est ce qui fait sa force;
Les rieurs sont pour lui.
Pour battre avec la tige il a poli l'écorce
Que hérissait l'ennui.

Vraie en dépit du temps, sa critique profonde
Fait encor nos beaux jours;
Il doit durer autant que durera le mond
C'est-à-dire toujours.

UN DROLE DE PAYS

Je viens de faire un voyage
Dans un lointain continent.
Sur cette rive sauvage
Tout est bizarre, étonnant :
Aucune femme ne se farde ;
Pas une seule n'est bavarde !
Rien ne se fait comme à Paris :
Ah ! quel drôle de pays !

On donne tout au mérite,
Jamais rien à la faveur,
Et seuls les hommes d'élite
Arrivent à la grandeur.
Les avocats savent se taire
Et se passer de ministère.

Rien ne se fait comme à Paris :
Ah ! quel drôle de pays !

Les docteurs en médecine
Ne sont pas nombreux par-là ;
Mais rien qu'à voir votre mine
Ils savent ce que l'on a ;
Sans sirops et sans limonades
Ils guérissent tous leurs malades.
Rien ne se fait comme à Paris :
Ah ! quel drôle de pays !

Jamais on ne fait la guerre,
Car on n'a pas de voisins ;
Cent pompiers, comme à Nanterre,
Tiennent lieu de fantassins ;
Le père élève sans alarmes
Son fils dans le métier des armes :
Rien ne se fait comme à Paris :
Ah ! quel drôle de pays !

Il n'est pas un publiciste
Qui ne soit spirituel,
Et pas un seul journaliste

Qui recherche le duel;
Chacun, convaincu de sa cause,
Tient l'argent pour fort peu de chose.
Rien ne se fait comme à Paris :
Ah! quel drôle de pays!

On fait des lois excellentes
Sans nommer de députés;
Pas de masses turbulentes,
De clubs, ni de comités;
Pour être un homme politique
Il faut être un homme pratique.
Rien ne se fait comme à Paris :
Ah! quel drôle de pays!

Le riche n'est jamais avare,
Pas besoin de mendicité ;
Aussi le pauvre devient rare,
On marche vers l'égalité :
Plus de palais ni de chaumière,
Mais rien qu'un vaste *phalanstère*.
Rien ne se fait comme à Paris :
Ah! quel drôle de pays!

Ce pays-là, sans nul doute,
A conservé l'âge d'or, ·
Et si j'en savais la route,
J'y voudrais aller encor.
Par malheur, ce n'est qu'un mensonge
Que j'ai vu la nuit dans un songe ;
Je me retrouve dans Paris :
Quel changement de pays !

RIEN N'ÉTAIT PLUS CHARMANT !

Te souvient-il un peu, Lucette,
De la petite maisonnette
Où nous cachions aux curieux
    Nos soupirs amoureux ?
Elle était étroite, il me semble ;
Nous y vivions bien simplement ;
Mais nous nous y trouvions ensemble :
    Rien n'était plus charmant !

Te souvient-il de la soirée
Où mon âme était enivrée
De tes délirantes ardeurs
    Et du parfum des fleurs ?...

Cueillir le blanc muguet qui tremble,
C'est peu de chose assurément;
Mais quand nous le cueillions ensemble,
Rien n'était plus charmant!

Te souvient-il de la charmille
Rebelle aux ardeurs de l'été,
Où, sans coiffure et sans mantille,
Rayonnait ta beauté?...
Tes cheveux tombaient, il me semble,
Jusqu'à tes pieds négligemment;
Mais nous les rattachions ensemble :
Rien n'était plus charmant!

LE SACRIFICE D'ABRAHAM

Mon fils, élève ta jeune âme
Jusqu'au plus haut sommet du ciel !
Dieu t'a fait vivre, auguste flamme
Qu'anime son souffle éternel !
En nous créant à son image,
Pour l'adorer et le servir,
Il mit en nos cœurs le courage
Pour que nous sachions obéir.

Seul, sans appui dans ma vieillesse,
J'ai cent fois prié le Seigneur
De donner pour toute largesse
Un fils à son adorateur.

En un jour de miséricorde,
Jour à jamais béni par moi !
Mon seul souhait, Dieu me l'accorde,
Et je sens redoubler ma foi !

Aujourd'hui, cet enfant que j'aime,
Dieu veut le rappeler à lui !
Mon fils, ma douleur est extrême,
L'éclair de la justice a lui !
Je m'attachais trop à la terre ;
Hélas ! me pardonneras-tu ?...
Dieu m'a dit d'une voix austère :
« Je veux éprouver ta vertu !

« Tu vas aller sur la montagne
En prenant ton fils par la main,
Et de l'enfant qui t'accompagne
Me faire un holocauste humain ! »
Seigneur, que ta volonté sainte
Soit l'œuvre de ton serviteur !
Abraham frappera sans crainte,
Et puis il mourra de douleur !

LE RÉVEIL DU CŒUR

Avril verdissait les clairières,
Nous étions aux bois tous les deux.
« Vois, dit-elle, les primevères
Ont quitté les bourgeons frileux !
— J'aime le printemps, la verdure,
Répondis-je avec un soupir ;
Mais le réveil de la nature
N'est rien si le cœur doit dormir !

— Entends-tu là-bas, me dit-elle,
Gazouiller le rossignolet ?
Il égrène sa ritournelle,
De perles brillant chapelet.

— J'aime la cadence hardie
Que lancent les oiseaux des bois;
Mais la plus douce mélodie
Est dans le charme de ta voix!

— Vois, dit-elle, cette fontaine!
Comme le cristal en est pur,
Et comme tes cheveux d'ébène
Se détachent sur son azur!
— J'aime sourire à la fontaine;
Mais je sais un plus beau miroir :
Ce sont tes yeux bleus, ô ma reine!
C'est le seul où j'aime à me voir! »

SEUL !

Adieu, ma belle évaporée !
Puisque tu ne veux plus de moi,
Je m'en vais, l'âme déchirée,
Je ne sais où... bien loin de toi !
Ma chambrette au sixième étage
Était trop grande pour nous deux ;
Depuis que j'y suis seul en cage,
Ce n'est qu'un réduit ténébreux !

Jour qui s'enfuit avant d'éclore,
Pourquoi m'as-tu quitté sitôt ?
Tu sais que je t'aimais encore,
Hélas ! je ne t'aimais que trop !

L'instant serait venu peut-être
Où tous deux d'un commun accord
Nous aurions ouvert la fenêtre
Et pris à l'envi notre essor...

Toi qui n'as pas l'âme vénale,
Et qui me donnais ton amour
Ainsi que la fleur matinale
Ses frais parfums au troubadour,
Par quelle raison que j'ignore
Ne plus être ce que tu fus?...
Ah!... c'est que moi je t'aime encore,
Et que toi tu ne m'aimes plus!

LE MIROIR DU MEUNIER

« Meunier, quitte ta meunière,
Et surveille ton moulin ;
Toute l'eau de la rivière
Se perd dans le pré voisin. »

Le meunier, en homme sage,
S'en va visiter son bief ;
Il voit que de son barrage
On a détruit la moitié.

« Diable ! se dit-il, Nicaise
A bien fait de m'avertir ;
En peu de temps, à mon aise,
Je pourrai tout rebâtir. »

Il prend deux piquets de saule,
Derrière met trois fagots,
Joint le tout par une gaule,
Et puis remet ses sabots.

Lors, le sourire au visage
Et ne redoutant plus rien,
Il contemple son ouvrage
En se disant : « Tout va bien ».

L'eau monte à petite dose,
Cela fait plaisir à voir ;
La surface se repose
Et forme un parfait miroir.

Le meunier y voit l'image
De son pré, de son moulin ;
Même il voit jusqu'au bocage
Qui termine son jardin.

Ce n'est pas tout ! La rivière
Lui montre, pour le bouquet,
Nicaise avec la meunière
S'amusant sous le bosquet !

« Ma femme cueille la fraise !
Dit-il, se grattant le chef :
Je comprends pourquoi Nicaise
Avait débarré mon bief. »

HISTOIRE D'UNE ROSE

RÉCIT D'UNE PAYSANNE

Je portais à mon corsage
La rose, aimable cadeau
Qu'à la fille la plus sage
Fait le maître du château.

Sur le pont de la rivière
Jean m'arrête, et dit tout bas :
« Le pont est étroit, ma chère ;
A deux, gare les faux pas !

« Une rose, c'est fragile,
Un rien pourrait l'effeuiller ;
Tu sais que je suis agile,
Veux-tu me la confier ?

8.

— Donner à quelqu'un la rose
Qu'on ne gagne qu'une fois!...
Toi-même, si j'en dispose,
Qui croiras-tu que je sois?

— Je croirai que, si je t'aime,
Tu ne me détestes pas! »
Pour la prendre, au moment même
Voilà qu'il étend le bras!

Moi, lestement je recule ;
Mais Jean, sans perdre l'espoir,
Saute après moi!... Sa main brûle!...
La fleur est en son pouvoir!...

Non!... Il la tient mal encore.
Crac! le ruisseau l'engloutit!
Et chacun de nous déplore
Un mal sans aucun profit!

Le pire, c'est qu'au village
Il fallut rentrer sans fleur,
Et Dieu sait quel bavardage
Il se fit sur mon malheur!

Une fleur, c'est peu de chose ;
Eh bien ! si j'épouse Jean,
C'est la faute de la rose :
Le monde est si médisant !

SI J'ÉTAIS MILLIONNAIRE!

CHANSONNETTE

Un monsieur pauvre et des plus sots
Vient de faire un gros héritage;
Chacun admire son langage,
Sans le vouloir il fait des mots.
Sa phrase n'est pas toujours claire;
Mais moins on comprend, plus on rit :
Ah! comme j'aurais de l'esprit
  Si j'étais millionnaire!

Il n'était ni beau ni galant,
Et de lui se moquaient les femmes;
Mais à présent toutes ces dames
Lui trouvent l'œil étincelant.
On croirait presque, à les voir faire,

Que chacune en veut un morcea :
Ah! comme je deviendrais beau
    Si j'étais millionnaire!

De voix pour être député
Il n'avait jamais que la sienne;
On l'a nommé! Quoi qu'il advienne,
Il dit sur un point contesté :
« Je suis de l'avis de Voltaire,
Vous avez tort par conséquent. »
Comme je serais éloquent
    Si j'étais millionnaire!

Lui, dont le style est peu soigné,
A fait écrire sur commande,
Par un écrivain de la bande,
Un volume qu'il a signé.
Chacun, grâce à son savoir-faire,
Trouve son ouvrage excellent :
Ah! comme j'aurais du talent
    Si j'étais millionnaire!

Le cher homme a douze neveux
Pour recueillir son héritage.

Il tombe malade! A son âge
Le moindre mal est dangereux.
Le lendemain (zèle exemplaire!),»
Les douze à son chevet pleuraient.
Comme mes neveux m'aimeraient
    Si j'étais millionnaire!

Dans ses salons tous les lundis
Il donne des fêtes charmantes;
En proportions étonnantes
On voit augmenter ses amis.
Ses dîners ont l'honneur de plaire
A des barons, à des marquis :
Ah! comme j'aurais des amis
    Si j'étais millionnaire!

Grâce à d'habiles financiers,
Il vient de faire un coup de bourse;
Ce nouveau succès prend sa source
Dans des moyens peu réguliers.
Chacun pourtant dans cette affaire
Admire sa dextérité :
Ah! que j'aurais de probité
    Si j'étais millionnaire!

Bref, il a, sans autre souci
Que celui de toucher ses rentes,
Les vertus les plus étonnantes;
Tout ce qu'il fait est réussi!
Je ne suis qu'un homme ordinaire;
Faites-moi riche, s'il vous plaît!
Je serais un homme parfait
Si j'étais millionnaire!

FANTOMES

RÊVERIE

Vous est-il arrivé parfois, au mois de mai,
Lorsque souffle du soir le zéphyr embaumé,
De vous perdre, rêveur sous les flots de verdure,
Dans le bois qui revêt sa nouvelle parure?
C'est plaisir d'égarer ses pas et ses esprits
A travers l'aubépine et les sentiers fleuris,
Et de sentir, fermant ses yeux à la lumière,
La pâle nuit qui vient verser sur la paupière
Avec l'ombre du soir l'ombre des souvenirs.
Là, loin de tous les bruits, loin de tous les plaisirs,
Seul avec ma pensée, ignorant de moi-même,
Je songe et je m'endors...

                O doux rêve, je t'aime!

Fantômes qui venez sourire à mon sommeil,
De votre aile écartez le démon du réveil :
Voici que je revois à travers les campagnes
La femme que j'aimais et ses douces compagnes.

C'est elle, voyez-vous, qui, de sa blanche main
Entr'ouvrant les rameaux qui barrent le chemin,
Vient à moi le sourire aux lèvres, l'œil en flamme!...
Tu pâlis!... Je comprends! On a brisé ton âme!
On t'a mis le matin un bouquet d'oranger;
Le soir, on t'a jetée aux bras d'un étranger.
Elle ne savait pas, celle qui t'a livrée,
Sans consoler d'un mot ton âme déchirée,
Qu'un cœur de jeune fille est capable d'aimer!
Elle ne savait pas que, si tu peux charmer,
Du même sentiment tu peux être charmée,
Et que l'on peut aimer alors qu'on est aimée!
Chère ange! tu m'aimais du feu de tes quinze ans!
D'un feu pur, à l'abri des propos médisants;
Il a fallu garder ton secret en toi-même,
Et, lorsqu'un soir ta bouche a murmuré : « Je l'aime! »
Déjà la mort livide avait pâli tes traits;
Le bonheur était loin, mais la tombe était près.
Dors en paix, doux fantôme, innocente victime!

9

Tandis que ton beau corps à mes yeux se ranime,
Je suis tenté de croire au bonheur qui n'est plus,
J'épuise ma pensée en des vœux superflus,
Et je suis agité de sentiments étranges.
Dors en paix, le réveil n'est pas fait pour les anges ;
Dors, et que les regrets de ton cœur tourmenté
Se perdent dans le ciel et dans l'éternité !

En passant près de moi, ton ombre m'en rappelle
Une autre qui mourut, comme toi, jeune et belle.
La voilà ! Mes regards croient aussi la revoir.
Qui t'a tuée, enfant ? dis, puis-je le savoir ?
Pauvre fleur que le temps a trop tôt moissonnée,
Rose qu'en l'entr'ouvrant le zéphyr a fanée,
Est-ce l'amour aussi qui t'a mise au tombeau ?
Attends, je me souviens, et sur ton front si beau,
Que la mort a pâli pour l'embellir encore,
Mon œil lit ton secret, que tout le monde ignore.
Ton père aimait trop celle à qui tu dois le jour ;
Il l'épousa. Tandis qu'il lui parlait d'amour,
Il ne lui disait pas la triste prophétie
De tes malheurs futurs... La noire épilepsie

Vient s'asseoir au chevet de cette faible enfant.
La pauvrette recule, a peur et se défend.

Hélas! il est trop tard! la jeune fille est mère.
Oh! horrible réveil, où l'amour éphémère
S'éteint dans le dégoût et la répulsion!
Où le baiser devient une convulsion!
Où le soupir n'est plus qu'un râle, où le délire
Suspend dans le gosier le mot que l'on va dire!
Elle était mère! Hélas! triste maternité,
Où la mère, allaitant l'enfant qu'elle a porté,
Tremble que cet enfant ne ressemble à son père!
C'est en vain qu'en pleurant la pauvre femme espère;
La maladie attend, mais ne pardonne pas!
L'enfant est jeune fille, et déjà ses appas
Dans les cœurs les plus fiers ont porté le délire;
Et, tandis qu'à l'envi chacun l'aime et l'admire,
Elle sourit, craignant de trahir son malheur,
Et ce masque de joie augmente sa douleur.
La douleur cachée, hydre aux cent têtes qui ronge
Sans trêve ni repos, qui la nuit même, en songe,
Apparaît tout à coup comme un spectre effrayant,
Et force sa victime à mourir en riant!
Noir vautour dont la serre, étreignant la colombe,
Sous le berceau de l'ange aime à creuser la tombe!
C'est lui qui t'a tuée! Et ton front radieux,
Trop beau pour cette terre, est l'ornement des cieux.

Tu n'avais que seize ans quand tu nous fut ravie.

Hélas ! tu ne savais encor rien de la vie,

Rien ! rien que la douleur !... Dors, enfant, dors aussi !

Ne rouvre pas un œil par les pleurs obscurci ;

Et parmi les rameaux de ce feuillage sombre,

Que la nuit donne au moins le repos à ton ombre !

Mais quelle est cette enfant qui te suit pas à pas,

Et marche lentement, appuyée à ton bras ?

Sur sa joue amaigrie on voit encor des larmes :

Quelle douleur a pu sitôt flétrir ses charmes ?

O faim, hideuse faim, à ce regard voilé,

Si terne maintenant et jadis étoilé,

De tes rudes combats je reconnais la trace !

Toi seule, flétrissant la fraîcheur qui s'efface,

Tu donnes la vieillesse à des fronts de vingt ans,

Et fais naître l'hiver au milieu du printemps !

Terrible pauvreté, voilà donc tes victimes !

Ah ! si la faim parfois fait commettre des crimes,

Vous jetez les hauts cris, faciles gens de bien

Qui nagez dans l'aisance et ne manquez de rien ;

Mais qu'une pauvre fille, honnête en sa misère,

Meure en gagnant le pain qui doit nourrir sa mère,

C'est parfait ! vous trouvez cela tout naturel !

Et, loin que votre bras d'un appui fraternel
Vienne prêter secours à l'enfant qui chancelle,
Vous vous dites tout bas que la mourante est belle,
Et lui vendez du pain au prix de son honneur !
Va, relève la tête, enfant au noble cœur,
Dont le courage fier a bravé la détresse ;
Ton âme vierge et pure, et sans poids qui l'oppresse,
Vers le ciel, sa patrie, a repris son essor !
Ta droiture à la honte a préféré la mort !

. . . .

Qui m'éveille ?... Le vent, caressant le bocage,
Vient avec mon sommeil d'emporter votre image,
O fantômes si chers ! J'espère bien qu'un jour
Je vous reverrai mieux qu'en un rêve trop court !
Ce jour-là, comme vous, je ne serai qu'une ombre ;
Ensemble nous vivrons dans des siècles sans nombre,
Et nous ne garderons souvenir du passé
Que comme d'un chagrin par la joie effacé !

QUESTIONS

Une petite fille blonde,
Précoce et qui sait réfléchir,
Me dit un jour : « Papa me gronde
Lorsqu'il me surprend à mentir.
Il a de l'argent plein sa caisse;
Quand mon oncle lui dit tout bas :
« Prête-m'en ! les fonds sont en baisse ! »
Pourquoi dit-il : « Je n'en ai pas ! »

« Le cousin Jean disait qu'un homme
Ne s'estime qu'à sa valeur,
Et qu'un duc n'est pas plus, en somme,
Qu'un épicier ou qu'un brasseur.
Pourquoi, depuis qu'avec sa bière

Il s'est fait un sac assez rond,
S'appelle-t-il La Houblonnière,
Et prétend-il être baron ?

« Ma sœur a fait un mariage
Magnifique, à ce qu'il paraît ;
Moi, qui n'entends rien au ménage,
Je trouve son mari très laid.
Ce monsieur, qui promet merveille,
A ma sœur a fait du chagrin ;
Mais pourquoi, tout en pleurs la veille,
Riait-elle le lendemain ?

« Des gens qu'on ne peut faire taire
Viennent chez nous tous les lundis ;
Ils vantent beaucoup l'Angleterre,
La Suisse et les États-Unis.
Partout, disent-ils, on avance ;
Seuls nous repoussons le progrès !...
Mais si tout va si mal en France,
Pourquoi donc restent-ils Français ?

« Notre grand'tante Sophronie
Vient de mourir à soixante ans ;

Ses neveux, durant l'agonie,
L'entouraient comme ses enfants.
Moi, j'ai pleuré ma pauvre tante ;
Mais pourquoi mon cousin Armand,
Qui semblait aimer sa parente,
Riait-il à l'enterrement ?

« Mon grand frère est parti naguère
Pour commander de vrais soldats ;
Nous l'attendions après la guerre,
Cependant je ne le vois pas !
Maman, pour calmer mes alarmes,
M'a bien promis qu'il reviendrait ;
Mais pourquoi l'ai-je vue en larmes
L'autre jour devant son portrait ?

« Le député monsieur Pancrace,
Qui parle toujours gravement,
L'an dernier, sans pitié ni grâce,
Combattait le gouvernement.
Il avait fait tout un registre
De réformes pour notre bien ;
A présent qu'on l'a fait ministre,
Pouquoi ne réforme-t-il rien ?;

— Chère enfant, dis-je à la fillette,
Il viendra trop tôt le moment
Où plus d'un fait qui t'inquiète
S'expliquera facilement!
Conserve avec reconnaissance
Le bandeau qui couvre tes yeux :
Quand on n'a plus ton innocence,
Adieu pour jamais l'âge heureux! »

ACROSTICHE

Gardez-vous de tourner les yeux vers cette idole,
Adorable statue au regard qui désole !
Bénissez-la tout bas de ne pas se montrer,
Riez du malheureux qui peut la désirer.
Il en est d'une femme ainsi que d'un mirage :
Elle attire de loin par un riant présage ;
L'espérance soutient tant que l'on peut marcher,
La fatigue s'accroît sans vous en rapprocher,
Et chaque pas qu'on fait vous navre davantage !

PORTRAIT

Je veux
Au mieux
Vous peindre
Sans feindre
Les traits
Parfaits
D'un homme
Qu'on nomme
D'un nom
Breton.
Vicomte,
Il compte
Aïeux
Nombreux;
Sa race
Efface

Condé,
Maillé,
Noailles,
Xaintrailles !
Auteur
Sans peur,
Il ose
En prose
Plus qu'un
Chacun.
Poète,
Il fête
L'amour ;
Mais, sourd
Aux folles
Paroles
De nuit,
Il fuit
Par crainte
L'étreinte
Qui rend
Mourant.
Timide,
Candide,

Son cœur
A peur
Des douces
Secousses.
Bref, pour
L'amour,
Mélange
Étrange,
Il est
Benêt,
Bien qu'homme,
En somme,
Qui vit
D'esprit !

LE PAPILLON

ALLÉGORIE

Quel est ce sylphe léger
Qui glisse parmi les roses
Et court, heureux messager,
Sur les fleurs à peine écloses?

Son aile aux mille couleurs
Semble prise à la corolle
Qui de ses brillantes sœurs
Est la plus fraîche auréole.

C'est un jeune papillon
Né de l'aurore dernière;
La joie est son pavillon,
La jeunesse est sa bannière !

Tout fier de sa liberté
Ainsi qu'à la première heure,
Son vol n'est point arrêté
Par les tiges qu'il effleure.

Une d'elles cependant
De loin paraît lui sourire ;
Il sent en la regardant
Je ne sais quoi qui l'attire.

A peine s'est-il posé
Sur celle qu'il a choisie,
Que l'insecte est arrosé
De nectar et d'ambroisie.

Pure ivresse que son cœur
N'a pas encore éprouvée,
Verse à l'amant le bonheur
De la tendresse rêvée !...

Mais il n'est point assouvi,
Et la fleur baisse la tête...
De plus fraîches à l'envi
Se disputent sa conquête.

Ingrat! pourquoi délier
Le doux charme qui t'enivre?
En vain tu veux oublier,
L'amour saura te poursuivre!

En vain d'autres autour d'elle
Te promettent le bonheur,
Tu retourneras à celle
Qui la première eut ton cœur.

Et quand, le soir, épuisé,
Tu verras ta fin prochaine,
Sur son calice irisé
Mourra ta dernière haleine.

*
* *

Toi qui de même as jadis folâtré
    Autour de bien des roses,
Du papillon l'exemple t'a montré
    Celle où tu te reposes.

Dans tes pensers les premières amours
    Brillent comme une aurore,
Et le soir même, au déclin de tes jours,
    Tu t'en souviens encore!

LE DÉGOUT DE LA VIE

MÉDITATION

Mes amis, mes pauvres amis,
Qu'avez-vous fait de ma jeunesse!
Moi qui m'étais si bien promis
D'être fidèle à la sagesse!...
A me dégoûter du plaisir
J'ai perdu mes belles années,
Et l'âge mûr à mon désir
N'offre plus que des fleurs fanées!

Laissez s'en aller seul
Un mourant qui succombe!
J'ai l'ennui pour linceul
Et l'abandon pour tombe!

Sur terre pour me retenir
Je n'ai plus ni plaisir ni peine;
Tout me fuit, jusqu'au souvenir,

Jusqu'à l'amour, jusqu'à la haine !
Un profond mépris du passé,
Un avenir sans espérance,
Voilà ce que mon corps lassé
Réserve à mon corps en souffrance !

Laissez s'en aller seul
Un mourant qui succombe !
J'ai l'ennui pour linceul
Et l'abandon pour tombe !

Au soleil altier des beaux jours
Je préfère les jours d'automne,
Je les aime sombres et courts,
Comme décembre nous les donne.
Tandis que la nature dort,
Je sens se calmer mon envie ;
La nuit nous présage la mort,
Elle est l'image de la vie !

Laissez s'en aller seul
Un mourant qui succombe !
J'ai l'ennui pour linceul
Et l'abandon pour tombe !

PLAINTE D'AVRIL

ÉLÉGIE

Oui, c'est bien toi, saison bénie !
Voici fleurir les églantiers,
Et la nature, rajeunie,
Pose des toits verts aux sentiers.

Mais sous la verdure embaumée
Je ne verrai plus, au réveil,
Les regards de ma bien-aimée
Se mêler à ceux du soleil !

C'étaient de belles matinées,
Celles où, la main dans la main,
Nous voyions couler les journées
Sans nul souci du lendemain !

Je me souviens de la fontaine
Où tous deux la première fois
Nous nous contâmes notre peine...
Il me semble que je la vois !

Hélas ! la terrible tempête
A creusé pour elle un cercueil !
Elle a changé les jours de fête
En jours de tristesse et de deuil !

Pendant une guerre cruelle
C'est moi qu'on vit dans les combats ;
Et pourtant aujourd'hui c'est elle,
Elle qui repose là-bas !

Son âme était-elle assez forte
Pour résister et pour souffrir !
Ce que le vent d'orage emporte,
C'est la fleur qui vient de s'ouvrir !

Pourquoi faut-il, sombres feuillages,
Que vous reverdissiez encor ?
Pourquoi refleurir les bocages ?
Le printemps, pour moi, c'est la mort !

TESTAMENT

Mes amis, quand la faux du Temps
Aúra moissonné mes années,
Je ne veux, pas plus qu'à vingt ans,
Que pour moi les fleurs soient fanées.

Ne me jetez pas sombrement
Dans la terre au-dessous des gerbes !
Laissez-moi sur le sol, dormant
Parmi les bluets et les herbes !

Même quand Dieu nous a dit : « Meurs! »
Il nous reste encore une flamme :
La terre dans ses profondeurs
Étoufferait aussi mon âme !

Couché sur ce riant linceul,
Je prendrai la mort pour un rêve,
Et je m'endormirai tout seul
Dans un ravissement sans trêve !

Vous me garderez mieux en paix,
Fleurs aux corolles étoilées,
Que la cime des noirs cyprès
Et le marbre des mausolées !

L'oubli vient si vite !... Il est doux
De savoir, lorsque l'on succombe,
Que, même sans qu'on pense à vous,
On aura des fleurs sur sa tombe !

INDEX

6787 — Paris, imp. Jouaust, rue Saint-Honoré, 338.